CABEÇA NAS NUVENS

WASHINGTON QUAQUÁ

poesias

mórula
EDITORIAL

REVISÃO
Marília Pereira

ILUSTRAÇÃO (CAPA)
Tatiana Castelo Branco

ILUSTRAÇÕES (MIOLO)
Carol do Branco

CIP-BRASIL. CATALOGAÇÃO NA PUBLICAÇÃO
SINDICATO NACIONAL DOS EDITORES DE LIVROS, RJ
Elaborado por Gabriela Faray Lopes — CRB 7/6643

Q24c

Quaquá, Wanshington

Cabeça nas nuvens / Wanshington Quaquá; [ilustração Carol do Branco]. – 1. ed. – Rio de Janeiro: Mórula, 2023.

96 p. : il. ; 21 cm.

ISBN 978-65-81315-82-5

1. Poesia brasileira. I. Branco, Carol do. II. Título.

23-85879 CDD: 869.1
CDU: 82-1(81)

Rua Teotônio Regadas 26 sala 904
20021_360 _ Lapa _ Rio de Janeiro _ RJ
www.morula.com.br _ contato@morula.com.br
morulaeditorial morula_editorial

Essas poesias, que venho escrevendo já há alguns anos, agora viraram livro...

Sempre tive os pés no chão. Uma vida que nasceu na favela e ganhou o mundo não pode deixar de ser estratégica e organizada, com metas e objetivos bem definidos.

Mas nunca deixei de sonhar e ter a cabeça nas nuvens. Quem não sonha e não flerta com o céu e as estrelas perde a humanidade. Vira robô dos sistemas. Minha alma anarquista e macunaímica não se deixa aprisionar pela lei da gravidade. Preciso voar!

Este livro dedico a Gabi, meu amor, minha mulher, minha companheira... é o voo que precisava fazer para, definitivamente, botar minha cabeça nas nuvens...

UMA NUVEM DE CALÇAS

Se queres ser universal começa
por cantar a tua aldeia.

[LEON TOLSTÓI]

A arte inspira e retira da filosofia dos contrários a sua força, e nos limites entre o céu e a Terra, no mar de nuvens, Washington "Quaquá" Siqueira vai planando com desenvoltura nas asas da poesia com os pés no universo. Além dos oceanos da política, mas com os versos engajados, o livro se estrutura em dois olhares, dois blocos de poemas, interno e externo: um do amor às origens da família, pensa no que plantou e no que agora semeia. No outro põe o bloco nas ruas, diante do embate do cotidiano da sociedade. Na poesia com política o autor voa nas alturas e prova a sua grandeza, ora com leveza, ora forte, nestes diferentes campos dos saberes. Lembrando Nietzsche, "é preciso ter ainda caos dentro de si, para poder dar à luz uma estrela dançante". Esta provocante frase pode ser inserida nas portas de entrada e saída do livro *Cabeça nas nuvens*. No caos do espelho retrovisor, que o museu da memória guarda atemporal, passando o tempo presente, Quaquá vai transbordando sem contenção por mares nunca dantes navegados, sem tirar os olhos e sem perder uma gota de orvalho que cai em Maricá. Todo poema é uma nave que se move intensamente, visceral na viajância. O escritor expõe com sinceridade sua teoria, aquilo que se vê, que são as práxis do pensamento sobre a realidade social, que é mais dura que a imagem da viagem, mesmo quando não há neblina e tempestade. A infância no Caramujo traz pungentes recordações em gestos:

"(...) Do Brasil que resistiu / à senzala / e da altura da favela / saio da toca do Caramujo / pra navegar pelo mundo".

Poemas em clima de loas dialogam com amorosidade, declaração endereçada à sua musa, como em *Cravo e Canela*, entregue à paixão: "(...)No amanhã de Jorge / no fim da tarde amado / na praia de Itapuã / no pôr do sol de Gabriela". Parafraseando a máxima da Tigresa de Caetano Veloso: "as garras da felina me marcaram o coração".

O autor está comprometido com a política da dignidade humana e livre para voar na aguda luta da palavra: "Um dia / não sei quando / a vida há de ser bela / há de ser Marighela".

Enfrenta desafios com coragem e vontade de conquistar os extremos do impossível poético, exercício pessoal e intransferível, vai tateando o território à procura de solidez com desassossego, como em *Epitáfio*: "Aqui jaz / alguém / que nasceu / e morreu / para sonhar". Tem a espontaneidade sábia ou a sabedoria espontânea na mente que veste os poemas com trajes da simplicidade coloquial e despojada, bem à sua moda, como na homenagem à filha: "Helena herdou de mim / o ímpeto de alguém?". Assim como o seu discurso uma espécie de código de vidência inaugurado na formação sociológica na Universidade Federal Fluminense (UFF), quando o conheci desafinando o coro dos contentes no final dos anos 1980. Hoje segue tecendo o tempo na garupa da dialética pelo horizonte, como um pássaronuvem que voou da casa de seus pais (seu Carlinhos e Ione Siqueira) e enuncia e anuncia "Preso na gaiola / fuja passarinho / utopia / liberdade".

Poesia é a expressão direta da consciência de um povo, por isso é preciso sonhar com a condição de confrontar com o dia a dia do reexistir para realizar inescrupulosamente as nossas fantasias de transformação social: "Cuba que te quero / siempre comandante / dos meus melhores / sonhos / possíveis e impossíveis". Não vale narrar a saga sem a fome que a mantém, revitalizando a tradição: "Tem gosto de Acarajé / tem ginga do Ilê Aiyê / de seus Orixás vem o Axé".

Enfim, caro leitor, aperte o cinto e sinta muito nesta viagem, numa aventura, que no dicionário de Houaiss oscila entre felicidade e risco, dois elementos essenciais do poema. O que importa é abrir as cortinas e os olhos para que na virtualidade da cena ou na materialidade do papel a poesia, que se alimenta do aroma, da brisa, do ar, possa atingir com o risco fulgurante de sua luz feliz. Neste contexto, abra o livro e venha viver estes momentos com as *nuvens de calça* da esperança no céu da utopia com versos livres e contundentes, mas sem perder a ternura. Nesta trajetória, eu apenas queria que você soubesse que Quaquá atira a rosa vermelha dos sonhos nas mãos da revolução. Evoé!

SADY BIANCHIN

Poeta, ator, cineasta e diretor de teatro
Doutor em teatro e sociedade pela Università di Roma — La Sapienza

SOU POETA...

Não sou poeta todo dia
Sou poeta do ar
Escrevo no avião
Por medo de cair
No céu da monotonia

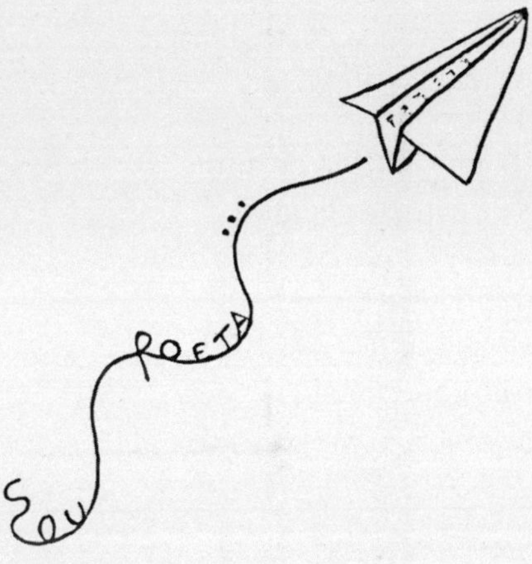

HELENA HERDOU

Helena herdou de mim
o ímpeto de alguém?

A alegria negra de Zuleika
A Seriedade portuguesa de Joaquim
Feitas e desfeitas
nas ladeiras do Caramujo

Helena herdou de mim
o ímpeto de alguém?

O desprendimento solidário
do Vô Carlinhos?
Ou a firmeza flexível
da vó Ione...

Helena herdou de mim
o ímpeto de mim?

A inteligência arguta
do jovem Diego
À lembrança portuguesa
de Maria e Roboão

Helena herdou de mim
o ímpeto de alguém?

A teimosia da Gabi
que de Honório Gurgel
veio conquistar
o coração e o céu

Helena herdou de mim
o ímpeto de alguém?

Do Brasil que resistiu à Senzala
E da altura da Favela
saio da toca do Caramujo
pra navegar pelo Mundo

CRAVO & CANELA

Uma no cravo
Outra na canela
Uma gin tônica
Pra lembrar dela

Um celular no *Telegram*
Uma música baiana
Há de se esperar o amanhã
De quem se ama

O amanhã de Jorge
No fim de tarde amado
Na praia de Itapuã
No pôr do sol de Gabriela

MINHA VÓ É NEGRA

Como é negra a noite
Cheia de estrelas

Na minha veia
corre o sangue de Zumbi
e dos negros
que não se entregaram

Meus sonhos de liberdade
justiça e igualdade
Filhos da História e da vida
foram gestados
na Serra Livre da Barriga

Meu coração é vermelho
como o sangue
que jorrou no açoite
e no pelourinho

Minha alma é capoeira
É luta, porrada e resistência.

CHE VIVE

Do alto da Serra
Maestra do horizonte
Vejo os sonhos
Da igualdade

Balas fumegantes
Dos morros conflagrados
De hoje e de ontem
Vejo os sonhos
De igualdade

Dos campos a dividir
Dos tetos ociosos
A entrar pra me abrigar
Vejo os sonhos
De igualdade

Dos (des)caminhos da juventude
Negra da periferia
Nos horizontes da favela
Vejo os sonhos
De igualdade

Nessa vida Che Guevara
Justiça não tem no tribunal
Tem na luta, na multidão
Tem na raça e na bala
No confronto campal

Do cume do morro da História
Pretos, pobres, sem direitos,
Mas com sonhos...
Vejo um fuzil
Armado até os dentes
De amor à liberdade.

Che vive!

AOS COXINHAS...

Lancei minha poesia
Afiada
Reta
Diretamente
Certeira
No alvo

Acertei na mosca
Pousada
No cérebro
Podre
Da sua cabeça
Medíocre

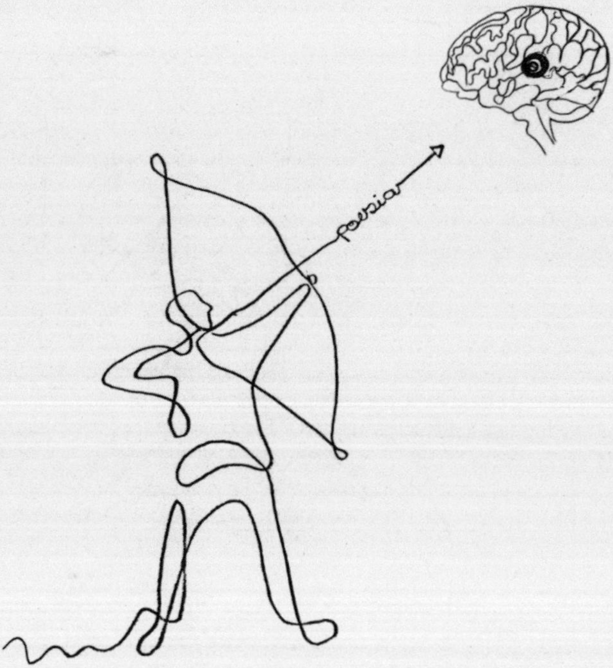

SALVADOR TEM CHEIRO DE DENDÊ

Tem gosto de Acarajé
Tem ginga do Ilê Aiyê
De seus Orixás vem o Axé

OS IMBECIS SÃO MUITOS

Com opiniões fortes
E gritos estrondosos
A aviltar qualquer sinal de inteligência

Os imbecis estão cada vez mais
A desfilar suas frustrações
Contra quem seja diferente
Contra quem julguem inferior

Os imbecis são recalcados
Pois são muito iguaizinhos
São o padrão médio
São desejos não realizados

Os imbecis falam!
Xingam na *internet*
Obviedades burras
Como cães, ladram!

Os imbecis...
Ah! Os imbecis...
Quase todos brancos
Cristãos a crucificar (o judeu) Jesus...

Ou seriam a
crucificar
os negros...
Nordestinos...
Pobres...
Homossexuais?

CAVEIRÃO

Um tanque
Um muque
Um soco
Um tiro
Um tira

A vida...

Vale quanto?

Vale um preto?
Vale um pobre?
Vale um jovem?
Uma criança?

Quanto vale a vida?

Um pão
Um cartão
Um emprego
Um futuro
Um sonho bom
O apelo de uma mãe
O desespero do não futuro

Quanto vale?

Um tiro do Bope
Uma criança que morre
Um policial negro baleado

Quanto vale um bagulho
Um cheiro
Um helicóptero
O nariz do Aécio?

Quanto vale um país?

Vale uma guerra
de pobre contra pobre?

Quanto vale o filho de um policial
e sua mulher e seus pais pobres?

Quanto vale matar
Cassar
Invadir
Expulsar
Exterminar

Vale mais a vida
Um emprego
Um prato todo dia de comida
Um futuro na mira
Uma escola pra vida
Um tênis e uma bermuda
Minha casa minha vida

Quero um futuro
Onde os irmãos negros
Não se chamem de alemão
De traficante ou de ladrão

Quero um futuro
De trabalho e estudo
De sonho, de Felicidade

De governo do povo,
De preto, pobre e dos irmãos
Não de juiz injusto
De deputado vendido
De presidente bandido

Quero mudança de verdade
Quero paz na comunidade
Comida em casa
Emprego e futuro
Quero os meninos sorrindo
Os jovens sonhando
Quero a revolução!

NÃO HÁ FLOR NA ZONA SUL...

Flor precisa de adubo
Adubo precisa de estrume
A pequena burguesia caga cheiroso
Não há minhoca que ature

Não há amor na Zona Sul...

Amor é sentimento e tem cheiro de pele
Mas com suor e sem maquiagem
A pequena burguesia soa
Mas usa *blush* e perfume francês

Não há amor nem poesia na Zona Sul

Amor é feito de devaneios e poesia
Se joga ao vento e vai planando
A pequena burguesia não olha o horizonte
Vê só o fim da conta bancária

O COXINHA MANDOU EU IR PRA CUBA

Mamãe, eu vou lá!

Vou dançar rumba
Vou beber daiquiri
Vou bailar na floridita
Juro que vou!

Lá não tem mendigo?
Tem não!
Lá não tem crianças fora da escola?
Tem não!
Lá ninguém mora na rua?
Mora não!
Tem saúde de Graça pra todo mundo?
Tem sim!
Político lá vende o país e rouba o povo?
Faz não!

Mamãe eu vou lá!
Vou deixar os coxinhas
aqui no Brasil
com Bolsonaro e seu blablablá!

Vou pra Cuba!
Beber, comer e dançar

Moro, lá não é juiz ladrão
Lá é arroz com feijão
Já de vantagem
lá não tem Coxinha

Essa culinária foi patenteada e...

Só se vende em Ipanema
nos Jardins ou em Miami

SOLTEI O CORAÇÃO

Preso na gaiola
Fuja Passarinho!
Utopia
Liberdade...

Botei pé na estrada

Onde a vida
Corre solta
O sol se põe
A água da cachoeira segue

No caminho
Seguro
Da vida
Sem dono

Soltei o coração

Saiu a poesia
De braços dados
Com a vida
... a revolução

1/99

1% Praia
99% Rala

1% lancha
99% nem janta

1% rico
99% vive de bico

1% caviar
99% nem tem onde cagar

1% Miami
99% Com Fome

1% casa grande
99% senzala

1% chicote
99% lombo

Quando 99 se unir, 1% tá fudido!

CUBA LIVRE

Um país rebelde
Diante do gigante
Um país atrevido

Das casas velhas
Dos carros antigos
Das Moças bonitas
E dos sonhos que não envelhecem

Cuba que te quero...
Siempre, comandante!
Dos meus melhores
Sonhos possíveis e impossíveis

BRASIL

Não te mereço
Até porque
Não te conheço

Num *sniper* pardo
Atirando preciso
Na cabeça de um jovem
Preto proscrito

Num veado
Contendo seu rebolado
Com medo do brutamonte
Enrustido e frustrado

Numa mulher
Olho roxo
Calada
Agredida pelo namorado

Brasil
Não te mereço
Até porque
Não te conheço

De povo doce
Amável e cordial
Desabrochou suas verdades
Escondidas pela folia do carnaval

O Coiso Animal
Mistura de jegue
Com jacaré do pantanal
Te fez tirar do peito e do armário
Seu pior instrumental

Se dizia doce, pacato e cordial
Mas absorveu o aparato cultural
Da classe média da paulista e do litoral
Transformando se num povo brutal

Brasil
Não te mereço
Até porque
Não te conheço

Da merda que se tornou
Quem sabe não só fedor
Esse esterco humano
se reciclará na terra

A mesma terra
de escravizados nagô
A mesma que se tingiu
com o sangue do nosso avô

VIDAS REAIS

Barrigas com vermes
Reais...
Crianças reais
Jogadas aos ratos

Precisam comer
Precisam morar
se agasalhar
Banhar...

Água de beber, Camará...

Sua filosofia bonita
Não cabe
nessa
Vida...

Ou na falta dela...

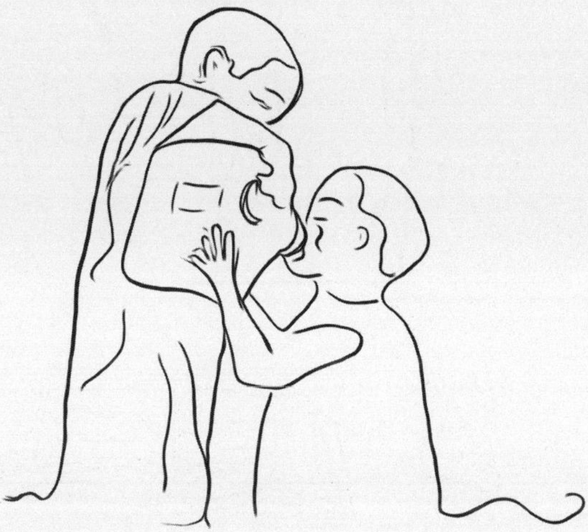

HÁ DE SER

um dia
Que o mundo
se alimente de arroz
feijão, proteínas...

E de sobremesa
todo dia...

Prove a doce revolução
da poesia

VAGABUNDO...

Háaaaaa
Eu sou incorrigivelmente
Vagabundo!

Como me deleita
Ouvir essa palavra
Va-ga-bun-do!!!

Revolucionária essa palavra
Porque se opõe à "Produtividade"

Porque se opõe à hipocrisia
A tudo certinho
A tudo escondidinho
A todo reprimidinho...

Vagabundo
E com canivete...
Pra cortar a sua onda

E sua língua...

A onda dos caretas
Dos fofoqueiros e fofoqueiras
E dos fascistas
Vagabundo...

Eternamente na labuta
De sua própria anti-conduta
Desregrar as regras
Desmascarar a hipocrisia
Desfazer as injustiças

Criar um mundo novo
Abalar as estruturas
Dessa vida vagabunda

NA BAHIA

Há Santos
Orixás
Cantorias

Meu coração
Sagrado
Entregue
Batendo

Por você
No terreiro
No tempero
No Pelourinho

UTOPIA

Dizem que um dia
Seguindo as estrelas
Se achou o lugar
Encontrou-se a verdade

Sigo em busca da Estrela
Não sou rei
Não vim do oriente
Apenas busco você

PRA GABI...

Você é o vento
Que sacode meus galhos
E faz cair o fruto
Que alimenta meu tudo

PRA GABI DE NOVO...

No horizonte
No Planalto Central
No fim da montanha
Onde a onça bebe a água
Vejo refletir
Você

OUTRA PRA ELA...

Você
É
Foda!
Criança
Que
Virou
Mulher
Forte
Determinada
Dura
Como
Aço
Aço
Que
Corta
A
Mediocridade

MAIS DIA

Menos dia
Sofrimento
Vai virar

Poesia

A VIDA É

Uma soma
De felicidades
De frustrações
De amores perdidos
De sonhos realizados
Uma soma
De vida
E de amores
Não
Vividos
Perdidos
No amor que se foi
Naquela janela
Do ônibus
Que podia
Ter sido
E me beijado...
O amor da minha vida
Perdido
Saído
Sofrido
Rumo
Ao nunca mais...

QUEM NÃO PERDEU

Em 2 segundos
O grande amor da vida
Que passou sorrindo

Na rua
No ônibus
No trem
No aeroporto

Nunca vi
Mas senti
Que se foi
E não vivi

POESIA É FOICE

Que corta a cana
Poesia é maçarico
Que solda o ferro
Poesia é fogo
Que forja o aço e assa a carne
Poesia é alicate
Que torce o impossível
Poesia é formão
Que esculpe a madeira

Poesia é martelo

Que bate no meu coração

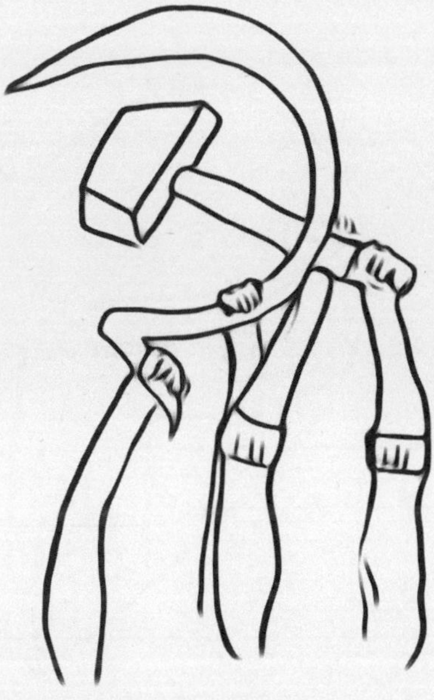

POR AÍ...

Vou a Roma
Falo em Paris
Bebo em Lisboa
Mas minha alma
Vaga nas biroscas
Do Caramujo e das Favelas
E meu coração
Bate forte em Maricá

QUERIA TER NASCIDO CABRITO

Pra pular ao infinito
Queria ter nascido Gavião
Pra voar pela imensidão
Queria ter nascido vaca
Pra pastar e comer alfafa
Queria ter nascido macaco
Pra me atirar no vácuo
Queria ter nascido elefante
Pra correr forte e errante
Mas nasci humano
Pra odiar injustiça
Desigualdade
E Fome

Bem que eu queria ter nascido burro

O MILAGRE DA TERRA

Transforma a semente
Brotando vida no pé da serra
Fazendo surgir verdejante

Meu pé de pimenta
A mandioca macia
O milho que me alimenta
O maracujá que se esguia

Meu pedaço de chão
Esse milagre divino
Sonho de infância
Um dia será direito comum

ROMA, MAIO DE 2017...

Policiais armados
Fronteiras controladas
Burcas escondem
A verdadeira face

Não é a religião
Jesus ou Maomé
Buda ou Oxalá
A senha deu o rei do Butão

No mundo da grana e do egoísmo
Não cabe a Felicidade
Guerra, miséria, consumismo e barbáries
A solução é um novo socialismo

MUITOS MAIS...

Quem manda são poucos
Donos de TV, pra dizer pra você
Com anúncios dos sócios bilionários
O que você ouve, pensa e vê

Lavagem cerebral!
Irmão, você é lobotomizado!
Todo dia alimentam seu chip...
Consome informação como ração animal

A liberação é feita de arte
De colorido e de rasgo na vida
Eu mais você e um monte de gente
Se rebelando e dançando na avenida

AS FORTALEZAS DA VIDA

Protegem o passado
Com muros de pedras pesadas
E Torres altas

Celtas
Mouros
Sarracenos

Mongóis
Fenícios
Gregos Helênicos

Não passarão!

Me isolo na torre
Vejo embaixo o mar azul
O precipício
Tudo é inalcançável

Da janela miro o futuro
Mas, isolado
Não posso andar em direção a ele
A fortaleza da vida vira prisão

Da janela decido
Fazer de mim uma fortaleza
Encarar o horizonte
Refazer o futuro
Pulo em direção ao abismo
Lá embaixo a água, as pedras
Um vácuo rumo ao nada
Mas no nada... tudo é você.

CAMPONESA, CAMPONESA...

De onde vem sua beleza?
Do útero da terra preta e da lida
Que pariu a natureza
Arroz, feijão, mandioca toda vida...

Camponesa, camponesa...

De onde vem sua tristeza?
Da terra cercada com dono, mas sem nada
Do barraco de plástico na beira da estrada
Vem da Cruz esculpida à bala e braveza

Camponesa, camponesa...

De onde vem sua beleza?
Do povo trabalhador, das crianças
A ter todo dia a comida na mesa
A sustentar vidas, sonhos, esperanças...

Camponesa, camponesa...

De onde vem sua tristeza?
Vem do latifúndio improdutivo
Muita terra sem nenhum cultivo
Muita gente sem terra e na tristeza

Camponesa, camponesa...

De onde vem sua beleza?
Do sonho de Che, Marighella, Fidel e Darcy
Da nova sociedade que está aqui
No coração e na mente e vamos juntos conquistar com certeza!

ILUSTRAÇÃO:
TATIANA CASTELO BRANCO

O COMANDANTE EM CHEFE...

Está vivo!
Viva o comandante Fidel
David dos sonhos latinos
Líder das gerações de menino

Com pedra, pau e estilingue
Com fuzil enfrentando a morte
Derrotou o Golias Ianques
Na baia expulsou os porcos do Norte

Na ilha cercada, embargada, mas bela
Construiu saúde, educação e dignidade
Cultura, cinema, esporte e latinidade
Um povo soberano e altivo se fez nela

Mendigos na rua e criança com fome?
Há isso se vê no mundo em todo canto
Nos "Esteites", na Europa e em São Paulo
Em Havana não!
Lá tem mojito, batuque e mãe de santo

Mas lá não tem eleições e democracia?
E no Brasil onde político é vendido?
Wall Street manda na política do mundo!
Onde está a democracia?

Sob cerco e se defendendo do gigante
Com erros, mas muito mais acertos
A ilha segue de cabeça erguida adiante
Dando dignidade a avós, filhos e netos

O comandante em chefe está vivo!
Mais vivo que nunca!
Viva o comandante Fidel
E as ideias que disseminou na nossa cuca

Dos milhões de Davids rebeldes
Negro, indígena, jovem, mulher, curdo...
Que ele espalhou pelo mundo
A sua história fez filhos
Viva Cuba libre e o sonho rebelde

O comandante está vivo!

TODA VEZ QUE O AVIÃO DECOLA

Sinto frio na barriga
A vida é como o avião
Sempre um frio
Na barriga
No pouso
E na decolagem

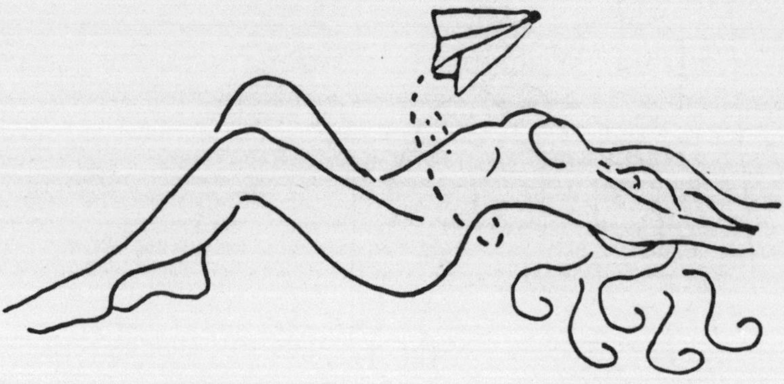

SOU UM REVOLUCIONÁRIO

Em tempos sem revolução
Mas de tão revolucionário
Me tornei reformista
É de reforma em reforma
Que a galinha enche o papo...

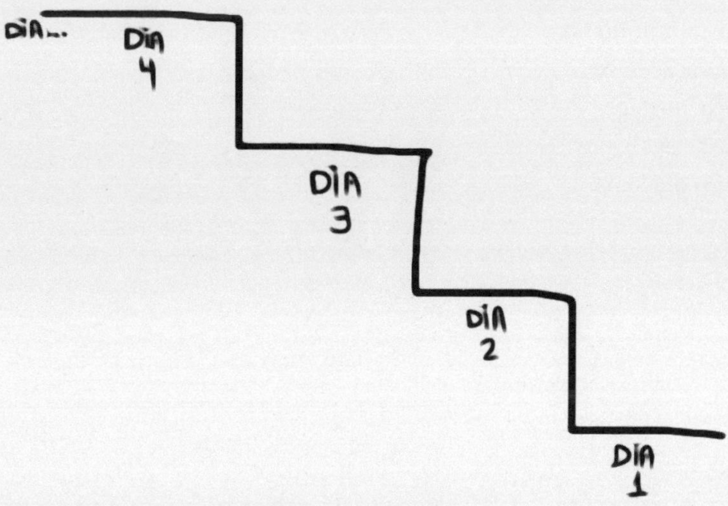

UM NOVO MUNDO

Um novo homem
Uma nova mulher
Uma poesia
Um sol a cair no mar
Uma lagoa a devorar a montanha
Um bebê a sorrir no colo da mãe
Um casal dançando aos 76 anos
Uma alface plantada
Sob o esterco da galinha
Um rio sendo cuidado como um filho
Operários trollando no almoço
Uma subida na Pedra do Elefante
Um rolê no busão gratuito
Uma casa, uma vida
Uma estudante sorrindo na praça
Um pôr do sol na Barra de Maricá
Um mundo novo
Que se abre
Na poesia
Na revolução
No dia a dia

BOI-BUMBÁ DO MARANHÃO

Que sacode os terreiros
Espalha luz, cor e lantejoulas
E me espanta com chifradas de alegria

Candango de Brasília
Da universidade de Darcy Ribeiro
No coração brasileiro
Da rebeldia estudantil

Filho do vento
De armas na mão
De ideias subversivas
Da alma de Marighella

Articulador de utopias
De combate de tropas múltiplas
Unidos por encanto
Em sua segurança de malabarista

Nos tempos difíceis
Que não são mais que os outros
Por ele vividos no pátio
Das cadeias burguesas

Jogamos pelada na várzea
Coração rubro e do sangue negro
Depois me embriaga no Adônis
E nas montanhas de chope do Brasil

Choro sua ausência
Canto sua presença
Nos combates que virão
Nos porres que tomaremos

Antônio de Neiva
Foda-se a morte
Viveremos juntos e vivos
Nossas eternas utopias

[COM ETERNAS SAUDADES DO AMIGO/
MESTRE EM 30/11/15]

LADRÃO NÃO É QUEM ROUBA UM CORDÃO

Traficante não é só o negrinho da favela
Burro não é só o animal de orelha grande
Nazista não é só o Adolfo

Vi patrão superexplorando operário
Vejo fazendeiro com avião de coca
Acho médico e advogado idiotizado
E muito homem respeitado matando judeu...

Ou seria o negrinho de rua?

Bandido bom é bandido morto...

Ou seria judeu?
Ou seria ele?
Ou seria eu?

Preguem Cristo, esse barbudo vermelho na Cruz!

Soltem Barrabás!

Coloquem Pilatos e Moro...

juntos no Altar!

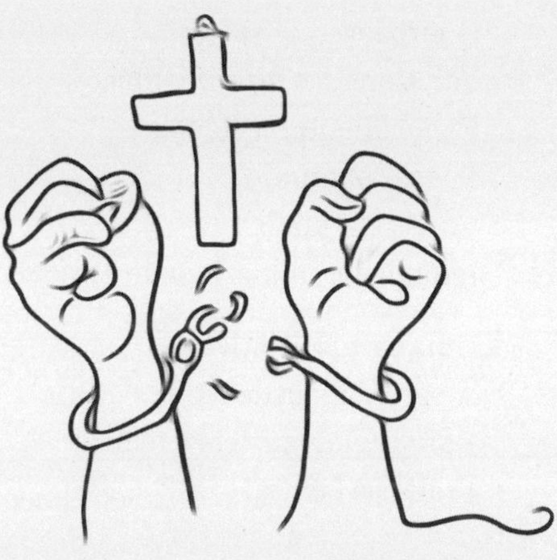

SEJAMOS ÍNDIOS!

Que coisa chata
Essa tal de escola
Banco enfileirado
Blablablá pra lá
Blablablá pra cá
Quadro, giz, caneta
Caderno e cópia
Ai que sono!

Minha cabeça é feita
Pra guardar o livro
Como se fosse uma Gaveta
Que coisa chata...

Quero andar de *skate*
Jogar meu *game*
Pintar o sete e o grafite
Jogar bola
Ouvir e tocar minha música
Sou malandro capoeira

Quero ler
Ver, Contar e fazer história
Experimentar a ciência
Pensar o mundo
Construir justiça
Igualdade, solidariedade e decência

Uma escola criativa
Alegre e cheia de vida
Dançarina, musical e teatral
Prática e laboral

Vamos botar a mão na massa
Pegar tijolo
Cortar madeira
Sacolejar os neurônios

Plantar árvores e ideias
Construir o sonho
Da escola de Darcy e Anísio
Pra transformar nossas crianças
Nos arquitetos do futuro

É deles a cidade do futuro
Pode ser deles a sociedade da paz
Deve ser deles o mundo novo
Alegre e igualitário
A terra sem males
Que os índios sonharam

Sejamos índios!

SOU DOIS

Um é pura rebeldia
Outro é subserviência

Sou Dois

Um é cerca e prisão
Outro é foice, mato e libertação

Um é amor e sexo
Dois é cartesiano
Quase broxa

Sou dois

Um é burocracia
Outro é revolução!

O DIA EM QUE POBRE NÃO QUISER SER GADO

Em que preto não topar ser discriminado
Em que se arrebentar o cercado
Rico vai ter que nadar até Miami
Ou vai morrer afogado...

O FASCISTA É TÃO VIOLENTO

Tão violento
Tão violento
Tão violento

Que o primeiro que matou...

Foi o seu próprio neurônio

A DIFICULDADE É O TEMPERO DA VIDA E O MOTOR DA CRIATIVIDADE

8 caras têm mais dinheiro que 50% da humanidade

Isso serve pra quê?

Pra poesia é que não é...

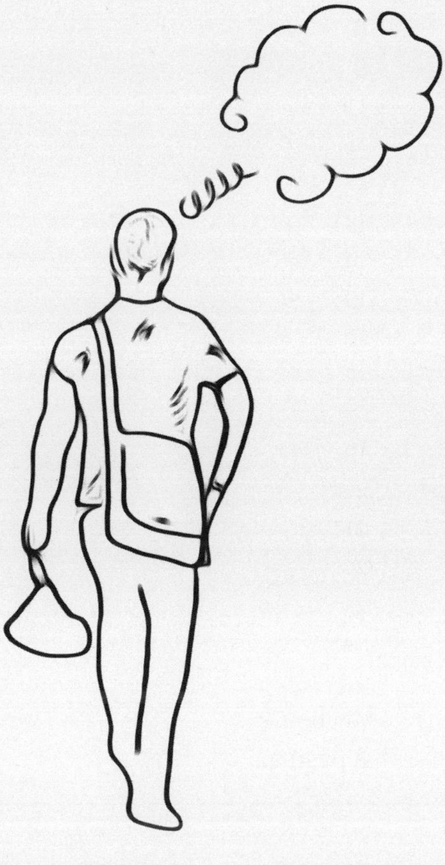

O QUE CONTA PARA A BURGUESIA...

1
2
3
4
5
6
7
8
9
10
11
12
13
14
15
16
17
18
19
20
21
22
23
24
25
Acabou
A página...

Continuo
Contando
Meu Dinheiro
E
Não tive tempo
De ler a poesia...

QUEM QUER CURAR GAY

No fundo
No fundo
No fundo

Quer tomar uma injeção...

No rabo!

GOSTO MESMO

É de coisa concreta
Com tijolo, pedra e cimento

Alicerçado no ar

O BRASIL É

Preto
Amarelo
Branco
Tambor
Fole
Baião
Samba
Funk
E xaxado

Brasil é
Cheiro de flor
De mato
De terra molhada
Do suor
Da morena
Do amor
E da cachaça
Com cheiro de
Madrugada

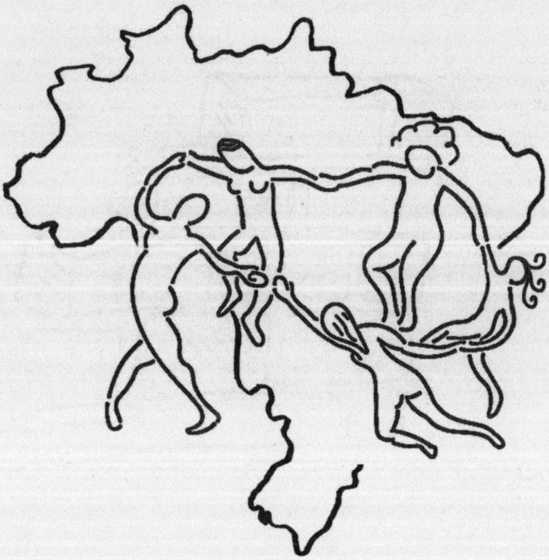

NAVEGAR

Navegar
Navegar

Nos tempos medíocres
Onde tudo é previsível
Onde sonho é impossível
Onde Grassam os míopes

Ponho a caravela na água
Da vida e da política
Estico as velas
Convoco marinheiros e vou

Rumo ao sonho...
O sonho Guarani
Dos índios igualitários
Da terra sem males

JÁ DISSE O VELHO QUE TAMBÉM É JOVEM

Tudo que existe
Merece perecer
Tudo que é sólido
Desmancha no ar

Então que se fodam...
As regras e as verdades
O estabelecido e o imutável
Eu quero mesmo é a revolução

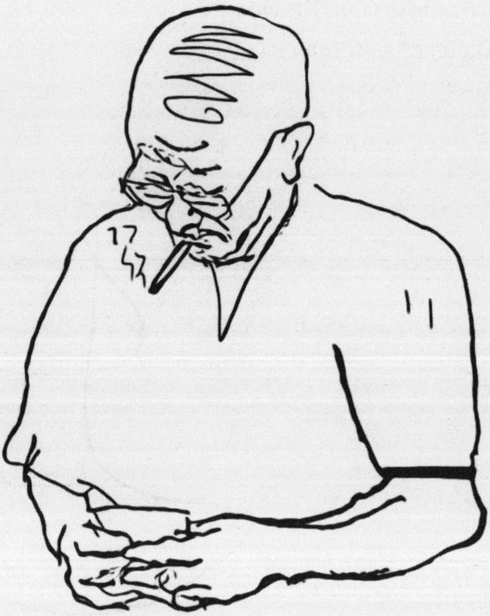

O QUE NÃO PODE

Eu faço!
Onde não dá
Eu vou!

Você é
Um homem
Uma mulher
Ou um Rato?

Um boneco
Teleguiado
Pelas regras
Da caretice

O que não pode
Eu faço!
Onde não dá
Eu vou!

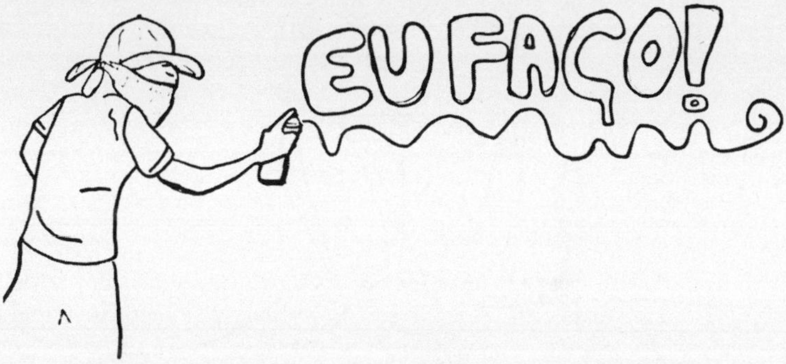

VOU TIRAR DO BAÚ

Minha foice e meu martelo
Eles tiraram do deles
Fome, desesperança e miséria

Vou cantar a internacional
Pra acordar com música esse povo
Que já não come e não sonha
Não tem teto, terra e vive como animal

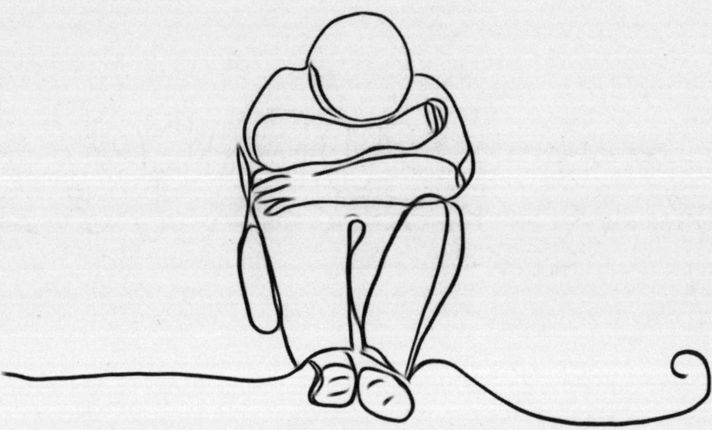

UMA LINDA LEOA

30 anos?
Cuida da cria
Paciente, não estressa à toa

A REPÚBLICA DE CURITIBA

Vem ele faceiro
Terno preto
Nariz a clivado
O Dr. Justiceiro

Um país aos seus pés
Nunca foi operário
Não é fraco seu salário
Nunca viu água no convés

Estudou anos a fio
Pra ser o melhor do concurso (e não foi!)
Papai e Mamãe o garantiram
Não pertencer ao gentio

Criado com Toddy
Uva, queijo e Danone
Nunca foi contrariado
Determinou o que pode e o que não pode

Juiz, promotor ou Federal
Mocinho na Globo
Cumpre o papel patronal
Herói do Jornal Nacional

Na América se aprimorou
Pra combater terrorismo e corrupção
Petrobras, economia, emprego... Dane-se
Lógico, isso Tio Sam não lhe ensinou

O déspota esclarecido
Mais preparado e nobre
Que esse gentio tropical
Esse povinho pobre

Quer uma república
De gente branca e penteada
Culta e elevada
De classe e família rica

Esse é o Brasil europeu
De Paris e Miami
Que se dane aposentadoria
Direito trabalhista ou se há fome

Quer combater a corrupção
Defender a ética e, claro...
Seu Salário acima do teto
E que se dane esse povão

Mas na contramão eu insisto!
Falo, berro e grito!
Aos poucos, vou sendo ouvido
E fazendo desmoronar os mitos

Minha república...
não é a dos riquinhos de Curitiba
Minha "república" é de Palmares...
De Canudos e dos rebeldes da História...

UM DIA

Não sei quando...
A vida há de ser bela
Há de ser Marighella...

É PROIBIDO SONHAR!

É proibido transgredir!
É proibido amar!
É proibido ser feliz!
É proibido sair da cartilha...
Do patrão
Do ladrão
Do economista
Do administrador
Do pastor
Do policial
Do professor
Do comentarista global
Especialista e cara de pau...

Que se foda todo mundo...
Eu quero mais é a revolução da geral!

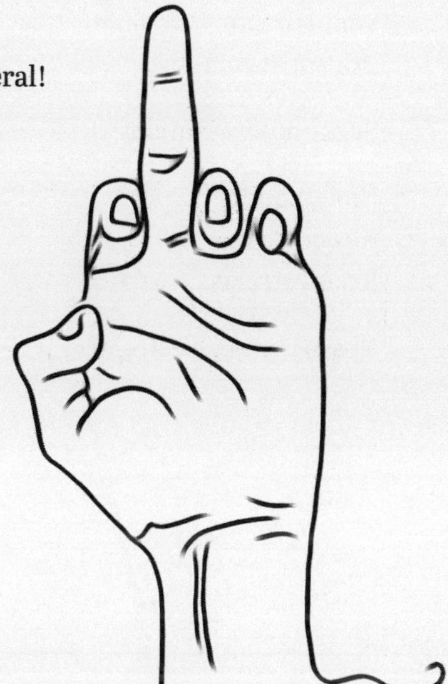

A VIDA

A vida é
Um eterno velejar

O bom velejador
É aquele que
Sabe seu rumo

Mas não há bom rumo
Sem vento

O bom velejador
Não perde o rumo
Mas sabe manejar

O vento da vida...
Venta pra um lado hoje
Pra outro amanhã

Seguimos no rumo...

Nos guiando
No céu da lua
E das estrelas...

Nosso rumo é a estrela!

FALO

Grito
Xingo
Soltei palavras
Que não se perderam
Ao vento

Palavras com cimento
Suor
Lágrimas
Sorrisos
Esperanças

Palavras
Palavras
Muito mais que letras

Palavras na boca
De quem sonha
Age
Luta

Tem poder
Cortam a realidade
Emendam desejos
Que constroem

Mais Que Palavras...

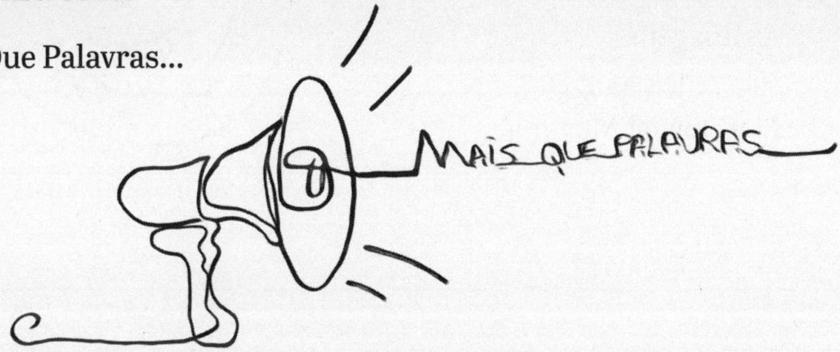

PELOTÃO!

Armas!
Apontar!
Fogo!

Que se queimem
As reputações
Que se desmoralizem
Os espaços coletivos

Pelotão!
Armas!
Apontar!
Fogo!

Que se prendam
Os adversários
Selecionados a dedo
Com a mão direita

Pelotão!
Armas!
Apontar!
Fogo!

Que se destruam
As imagens
Nas redes sociais
E no Jornal Nacional

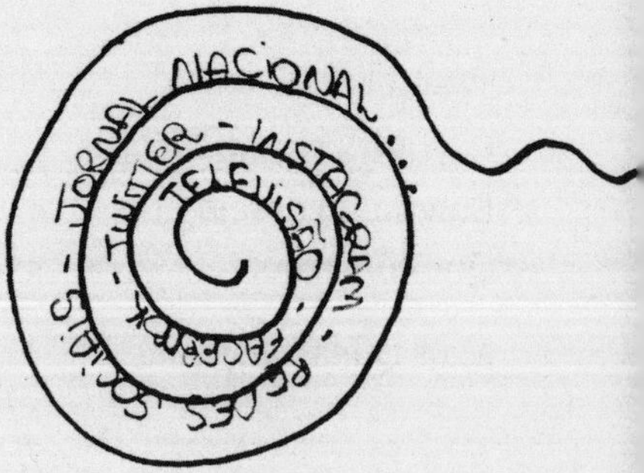

Pelotão!
Armas!
Apontar!
Fogo!

Na cabeça
Do povo
Um tiro certo
Num cérebro já sem miolo

Não precisa de pelotão
Basta uma rede de TV
Um tribunal de (Mark) (Z)Nuremberg
ou
Um juiz vingador

ENTRE NÓS HÁ UM MURO...

Muro de anos
Muro de convenções
Muro de religiões
Muro de planos

Entre nós há um muro...

Muro de opiniões
Muro de espinhos
Muro de biquinhos
Muro de palavrões

Entre nós há um mu
Que vamos grafitar
Desenhar
Implodir

Juntos...

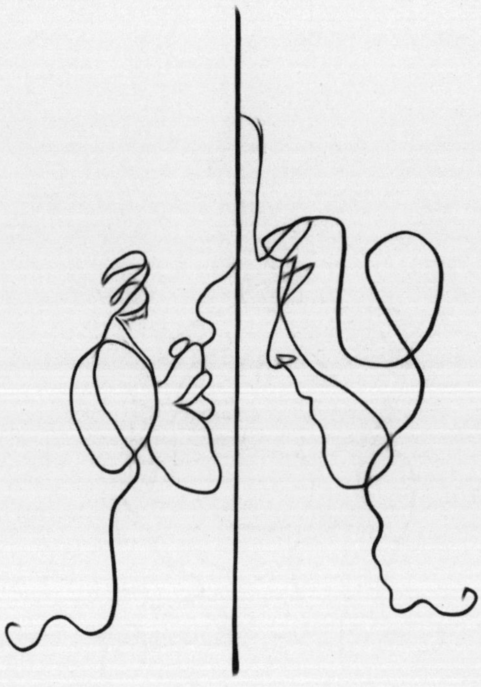

MEU CORAÇÃO

Garrafa

Joguei ao mar
Não sei
Em que praia
Vai dar

SOLENEMENTE

Aqui quero solenemente
Deixar registrado meu compromisso
Que sempre foi latente
Com a irresponsabilidade
e o
Descompromisso

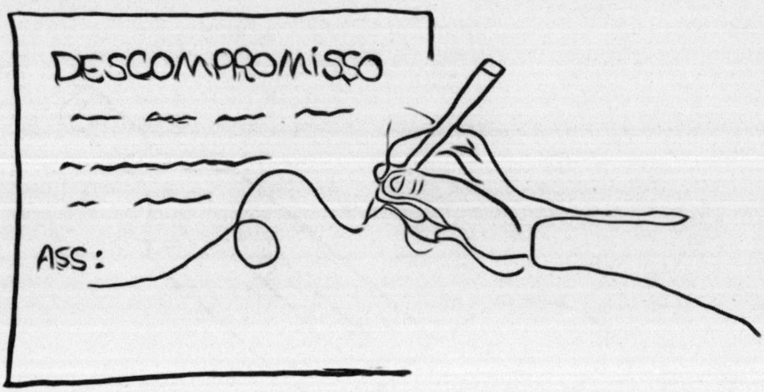

SONHOS

Conquistei os meus sonhos
O maior deles
Realizei

Agora
Ao cabo e ao final
Só me resta
Recomeçar a sonhar

EPITÁFIO

Aqui jaz
Alguém
Que nasceu
E morreu
Para
Sonhar

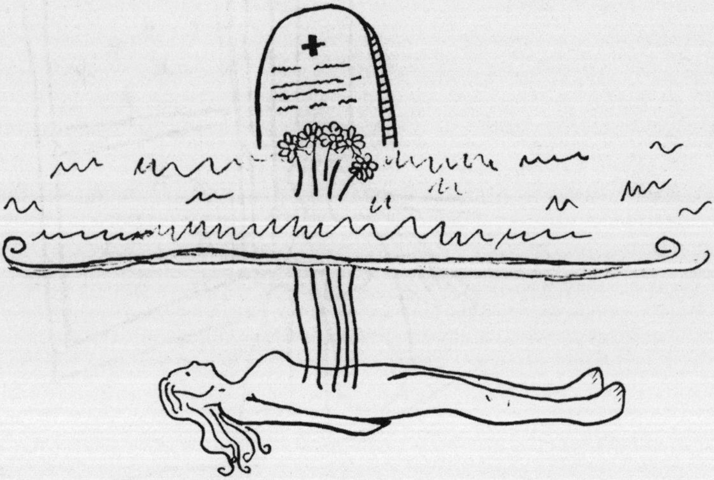

A UTOPIA

É
A realidade
Dentro do ovo

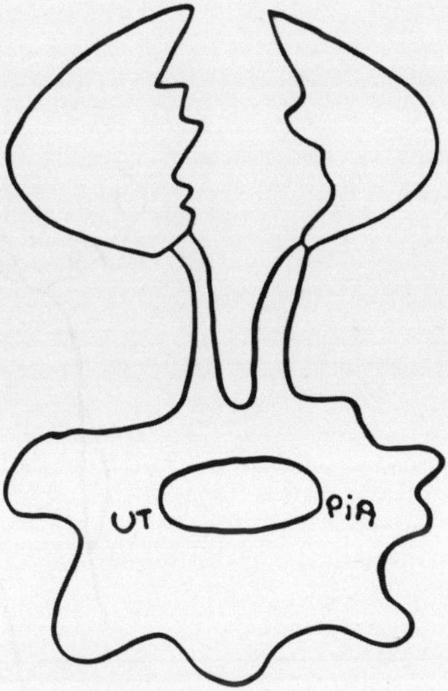

SOMOS ASAS DE ALEGRIA

Feitas para voar
E só descer para chocar
Os ovos da utopia

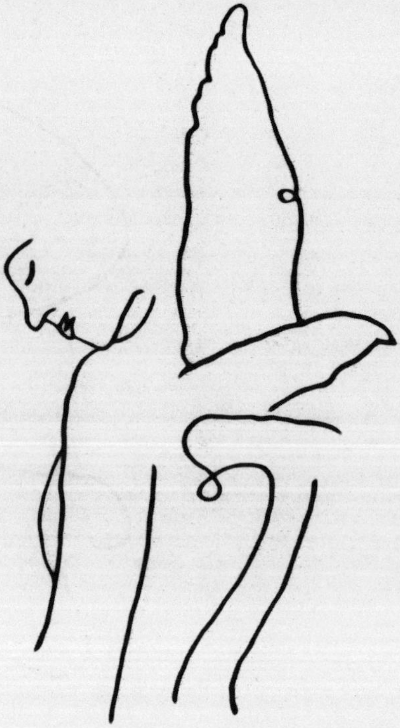

INJUSTIÇA?

Olho pro Lula
Me vejo um pássaro

AS LÁGRIMAS DA BENEDITA

Não são novas
Não são por um preso
Não são

As lágrimas da Benedita
Não são pelo Lula
De carne e admiração
De osso e amizade

As lágrimas da Benedita
Já desceram quando faltou pão
Quando não tinha água
E na panela nem feijão

Não foi a primeira vez
Que chorou Benedita
Mas a sua luta, a luta do Lula
Fez que o povo desaprendesse a chorar

Benedita chorou
Por justiça
Por amor, não só ao Lula
Mas ao seu povo!

As lágrimas da Benedita
São lágrimas
De uma (des)esperança popular
Bendita Benedita

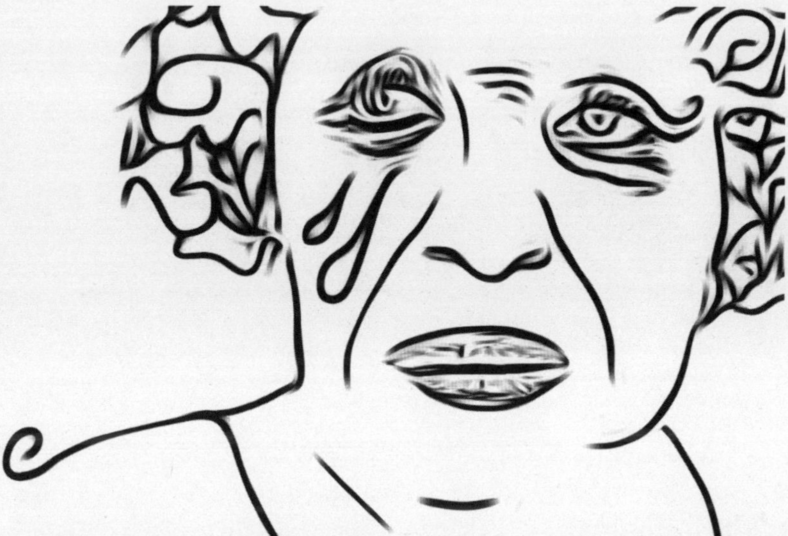

Este livro foi composto em Abril Text e Heading Now e impresso na gráfica Rotaplan em papel pólen natural 80g/m² no miolo e cartão supremo 250g/m² na capa, em setembro de 2023, ano em que retomamos os rumos democráticos após quatro anos de desgoverno.